밥이나 한번 먹자고 할 때
문성해 시집

문학동네시인선 088 문성해

밥이나 한번 먹자고 할 때

시인의 말

어릴 때는 편도도 붓고 신열도 앓고 했는데
이제는 그러지 않는다

돌부리에 걸려 넘어지는 일도 없다

먼 데 가서도 집을 찾아 돌아올 줄 안다

지구살이가 몸에 잘 익어가나보다

그래도 아직은
별들과 기차와 따뜻한 산속의 양떼들을 위해
시를 쓴다

이 별에 오기 전의 기억을 더듬어……

2016년 12월
문성해

차례

2부 혼자만의 버스

1부
조조 영화를 보러 가다

하문(下問)

이 길고 멀고 오래된 것은 어디서 오나

이 차고 습습하고 묵은내 나는
내 철들자 맞기 시작한
어떤 상담 교사보다도 더
귀에 쏙 맞는 말씀을 담아주는 이것은

내 어미가 싱싱한 허벅지를 걷고
한바탕 헌 칫솔로 시멘트 마당을 벗기고 나면
꼭 들이닥치던 이것은
내 아비가 장롱 손잡이에 혁대를 걸고
면도칼을 갈며 바라보던 이것은

내 이마를 지나 코끝을 지나
장미 꽃잎을 지나 꽃받침을 지나
땅에서 난민처럼 버글거리는 이것은

먼산도 넓은 벌도 앞 도랑도
막 매달리기 시작한 포도도 착하게 맞고 있는 이것은
마침내 자두맛 참외맛 수박맛도 다 업어가는 이것은

조조 영화를 보러 가다

오늘은 영화관에 개봉하는 영화가 없고
출출한 내 눈이 들판으로 향한다

그곳에는 아직 개봉되지 않은
지평선이 있고
새소리가 있고
구름이 있고

오늘 하루 내 마음은 누구에게도 개봉되지 않은
봉합된 편지이자
봉쇄된 수도원

우리는 아직
개봉되지 않은 영혼
개봉을 기다리는 두근거리는 필름이고

언젠가 우리의 딱딱한 무덤을 열고
육체를 개봉할 벌레의 입이여

그때 나는 목구멍 속에서 꺼내놓으리
숙성된 열매가 터지듯
가장 저음의 탄성을

급전

— 죽은 시인을 문상하러 가는 길에 전당포를 만나
그 앞에서 서성거렸을 가난한 시인의 저녁을 떠올리다

전당포를 보면
무언가 맡기고 싶어진다

금니 때운 것부터
지갑, 만년필까지
돈 되는 건 다 맡겨놓고
야금야금 수혈받듯
돈을 가져다 쓰고 싶다

그곳의 늙수그레한 주인은
내 가진 것 중
나도 모르는 보물을 찾아내어
급전을 해줄 것만 같다

내 밟고 다닌 길 중
가장 닳고 닳은 길은
집에서 전당포 가는 길

어느 날 나는

그에게 헌신짝처럼 버려져도 좋을 것 같다

그리하여 이다음 생은
내 맡긴 것들을
하나하나 찾아오는 일에 바쳐져도 좋을 것 같다

전당포를 보면
무언가를 찾고 싶어진다

삼송 시인

지하철로 삼송을 지나면
삼송에서 살다 죽은 시인이
내가 읽는 시집을 물끄러미 내려다본다
요즘 뭐 재미난 시집이 있냐고
이제 그곳에선 시 같은 건 안 써도 된다고
아직도 절구(絶句) 같은 것이나 붙잡고 사는 나를
안됐다는 듯 본다
나는 그곳의 긴 터널 같은 시간 속에서
시인은 시도 안 쓰고 뭐하고 사나 궁금하고
(시 쓰는 귀신은 없는지 궁금하고)
난 죽으면 칠흑 같은 흉몽을 깁고 깁는 재단사나 되고 싶고
귀신들끼리 짝 찾아주는 듀오* 같은 일도 괜찮다 싶고,

삼송을 지나면
삼송에서 살다 죽은 시인이
주머니에서 복숭아 하나를 내밀며
시 쓰는 일도 복숭아 베 먹듯 한번 해보라 한다
(다디단 과육보다 과즙이 멀리 튄다 귀띔해준다)
나는 시인이 죽으면 가는 곳이 궁금해지고
나 같은 사람은 아무래도
이승에 두고 온 시를
그곳에서도 야금야금 되새김질할 것 같고
(그러면 표절이 될까 안 될까 궁금하고)

삼송을 지나면
삼송에서 살다 죽은 시인이
그곳에선 시보다 더 좋은 일 천지라고
심심해서 시 쓰는 귀신은 없다고도 하고
지하철이 삼송을 지나치면
삼송 시인은 삼송까지만 시인이라서
헐레벌떡 내려버린다

나는 아주 가끔씩 우연히
삼송에서 살다 죽은 시인이 앉던 자리에 앉아
그가 건드리던 시상(詩想)을
공짜로 얻어 건질 때가 있다

* 결혼 정보 회사

벌레어 통역관

여전히 알 수 없는 소리들이
들끓는 밤이네

나 세상에서 단 한 사람
이 소리의 통역관이 된다면

비 내리는 돌담에 끼어 우는
퉁퉁 불은 울음의 두께와
발 없이 천리를 가는 소리의 비밀을 캐내는 데
한평생을 바쳐도 좋겠네

나를 찾는 고객들이야
벌레 소리에도 위안을 얻는
벌레만한 이들이 대부분이겠지만

그들의 코흘리개 푼돈을 모으고 모아서
담벽 같은 곳에다 숨겨놓고
언젠가는 써야지 써야지 벼르다
그 또한 잊어버려도 좋겠네

춘궁기 같은 겨울, 봄, 여름을
땅속 같은 골방에 찌르르찌르르 붙어살다가
무른 등이 여무는 계절이면

나 불려다니려네
푸른 여치 빛깔의 들판으로

아직 무릎뼈가 덜 자란
어린 문하생 하나 달랑 앞세운 채로

이번에는 목련이다

이제부터는 흰빛이다
이제껏 우글거리는 빛들을 따라
대처를 떠돌았으니
대처는 한바탕의 소란이었으니
나는 내 남은 빛을 목련에게 쏘련다
일요일이면 교회도 다녀보고 절에도 기웃거려봤으니
이번에는 목련교도이다
대처로만 떠돌다 늙은 화공의 붓 하나가
쿡쿡 목련을 찍어놓은 이 대낮
나는 일장춘몽을 쫓느니
훤칠한 키의 저 목련랑(郞)이나 사랑해야겠다
왜 봉우리들은 옆구리가 굽었는지
그 빛은 왜 채색을 기다리는 도화지 빛인지
왜 저 아낙은 냉이를 캐도 꼭 목련 그늘 아래서만 캐는지
그건 당신만 보면
내 허리가 굽어져 자꾸만 웃는 이유 같은 것
그건 자꾸 관심이 가고 또 관심받고 싶다는 것
이유 없이 좋다는 것
날이 갈수록 벗겨지고 벌어지는 당신 가르마 보듯
오늘은 꽃잎 떡떡 벌어지는 목련의 상부를 내려다보며
저 안간힘의 빛을 내 눈의 곳간에 차곡차곡 쌓아두련다
거뭇한 슬픔 앞에 켜 들
한 해 흰빛의 양식을

손바닥들

한 손에 아이를 안고 내민 그것들
햇볕 속에 얼마나 뒤집어 보인 것인지
흑요석의 눈동자보다 더 그을려 있네

뭄바이에서 내가 최고로 많이 본 것
오목한 입술이 들어 있는 것
달싹거리는 입술이 달린 손바닥을 본 적이 있는가

손에 딸린 바닥으로
여인들은 더러운 땅바닥을 짚고 있다가
여행객을 만나면 뒤집어 보였네
화려한 구걸의 말도 없이

거부당하는 데 익숙한 표정들이
그 흔한 욕도 없이 돌아서면
도시는 또다시 조용해졌네

손에 달린 혓바닥을 본 적이 있네
가문 저수지 바닥처럼 금이 가 있었네

잿빛에 대하여

조계사 근처
문 닫힌 겨울 승복 가게
옷걸이에 첩첩이 걸린 잿빛들이
푸줏간의 고기들 같다

집을 나오고
마음에게마저 가출한 몸뚱이는
이 밤 어디를 나한처럼 휘돌고 있나

저 빛깔만은 피해다녔건만 결국은
저 빛깔밖에 두를 게 없었다던
대학 선배가 생각나는 밤이다

모든 것을 태우고 남는
저 빛깔 속에는 탁탁 튀는 불꽃과
재의 냄새가 난다

밤의 경계가 없어진 잿빛들이
매캐한 어둠 속으로 흘러나가고
나는 하와이 어느 비치의 암자에서
불자들과 잘 놀고 산다는 선배의 풍문도 떠올린다

형형색색을 버리고

디자인을 버리고
노래를 버린 저
연기로 만들어진 옷들

넉넉한 품속에는
집을 나온 먼지들이 잘 스며들어 산다

밥이나 한번 먹자고 할 때

서너 달이나 되어 전화한 내게
언제 한번 밥이나 먹자고 할 때
나는 밥보다 못한 인간이 된다
밥 앞에서 보란듯 밥에게 밀린 인간이 된다
그래서 정말 밥이나 한번 먹자고 만났을 때
우리는 난생처음 밖에서 밥을 먹는 사람들처럼
무얼 먹을 것인가 숭고하고 진지하게 고민한다
결국에는 보리밥 같은 것이나 앞에 두고
정말 밥 먹으러 나온 사람들처럼
묵묵히 입속으로 밥을 밀어넣을 때
나는 자꾸 밥이 적으로 보인다
그래서 밥을 혀 속에 숨기고 웃어 보이는 것인데
그건 죽어도 밥에게 밀리기 싫어서기 때문
우리 앞에 휴전선처럼 놓인 밥상을 치우면 어떨까
우연히 밥을 먹고 만난 우리는
먼산바라기로 자꾸만 헛기침하고
왜 우리는 밥상이 가로놓여야 비로소 편안해지는가
너와 나 사이 더운 밥 냄새가 후광처럼 드리워져야
왜 비로소 입술이 열리는가
으깨지고 바숴진 음식 냄새가 공중에서 섞여야
그제야 후끈 달아오르는가
왜 단도직입이 없고 워밍업이 필요한가
오늘은 내가 밥공기를 박박 긁으며

네게 말한다
언제 한번 또 밥이나 먹자고

거지의 입맛

눈 오는 아침
혼자 밥에 열무김치를 비비는데
기특하게도 입안에 침이 고인다

오래전, 동구 밖 김장 터에 둥지 틀었던 그 여자 거지
식전 댓바람에 남의 집 대문을 두들기진 못하고
밤새 서리 앉은 밥과 반찬을 슥슥 비빌 때
그 입안에 괴던 침이 내 안에도 괴는 거였다

서걱이는 얼음이 이에 박히면
지푸라기 묻은 잠도 진저리치고
또 한기처럼 몰려오는 한끼여

꽝꽝 언 밥알 속에 차지게 박히던
싱싱한 어금니는 못 따라갈지라도
울컥울컥 넘어가는 목울대 정도는 흉내내며
나도 끼니처럼 시를 생각해야지

이 밥 다 비벼 먹으면
때 전 모시 적삼 위에 누더기 걸치고
또 멀리 밥을 빌러 가던 그 여자 거지처럼
나도 시를 빌러 나가야지

뉘 집 연기 오르는 것만 봐도
화사한 침이 그득히 고이던 입속처럼
어디 선연한 데를 만나면 찌르르 유선이 당겨지는
이 거지의 입맛 닮은
나의 시업

연등

이 나이 되도록
나는 한 번도 연등을 달아본 적이 없네
연등을 다는 자의 간절한 마음이 되어본 적이 없네

연등을 다는 일은
나를 작게 둥글려 연등 속에 넣고
바람과 빗속에 흔들리는 일
방에 돌아와 누워도
흔들리는 연등을 생각하는 일

어떤 자는 제 몸을 활활 불사르고
어떤 자는 일찍이 심지를 끄고
어떤 자는 바람에 균형을 잡고
나는 그중 가장 나중의 자가 되고 싶어
꺼질 듯 꺼지지 않는

연등의 시절이 오면
나는 한 번도 가져보지 못한 사립문짝에
발그레 뺨 붉힌 그것을 매달고 싶어

등불 위로 뜨거움을 참고 내려앉는 어둠을
내가 나를 보듯 들여다보고 싶어
연등을 켜고 끌 때

내 얼굴을 웃음을 숨소리를
생각하고 싶어

불두화

유월이면
곰팡이 핀 걸레조차
방안에 있지 못하는 거

이맘때면
앉은뱅이도
쿰쿰한 방안에 때 전 몸통을 남겨두고
누렇게 뜬 얼굴을 댓돌 위로 턱턱 내려놓나니

컴컴한 법당 안에서
홀로 어지럼증 앓던 머리를
맨 처음 환한 꽃받침 위에 엎어드린
그 맘이 바로 불심이려니

햇살에
고불고불한 머리카락틀이
탱글탱글하게 볶아진다

한솥밥

기껏 싸준 도시락을 남편은 가끔씩 산에다 놓아준다
산새들이 와서 먹고 너구리가 와서 먹는다는 도시락

애써 싸준 것을 아깝게 왜 버리냐
핀잔을 주다가
내가 차려준 밥상을 손톱만한 위장 속에 그득 담고
하늘을 나는 새들을 생각한다

내가 몇 시간이고 불리고 익혀서 해준 밥이
날갯죽지 근육이 되고
새끼들 적실 너구리 젖이 된다는 생각이
밥물처럼 번지는 이 밤

은하수 물결이 잔잔히 고이는
어둠 아래
둥그런 등 맞대고
나누는 한솥밥이 다디달다

수녀원엔 동치미가 맛있습니다

봉쇄수녀원 뒷문에 각시나방처럼 붙어
한 번도 가본 적 없는 그곳을 들여다봅니다
거기엔 아침이면 동그랗게 동그랗게 도넛 같은 종소리를
구워내는 종탑이 있고
밀가루 반죽처럼 천천히 부푸는 흰 성당이 있고
그 뒤편에는 여기숙사처럼 말쑥한 숙소가 있습니다
나는 장바구니를 든 채 이 문 붙잡고 서서
어느 길에선가 나를 떠난 저 꿈꾸는 표정들을 구경할 때
가 많습니다
머릿수건 속의 머리는 긴 머리인지 커트 머리인지
묵언수행중엔 정말 용케 기침들도 안 하시는지
더 궁금한 건
목욕탕에서 그니들도 나처럼 수건으로 거기를 가릴까 하
는 거
나는 그니들보다 더 오래 살고 조금 더 뻔뻔스럽지만
그니들이 언니나 이모나 되는 것처럼 기댈 때가 많아져
오늘은 밀짚모자와 몸뻬바지들이 재재거리며 와서는
풀도 뽑아주고 물도 와서 주고 가는
저 고랑 진 밭의 무 한 뿌리로 박혀 있고 싶습니다
가을벌레들의 쪼그린 무릎 울음소리와
구중중한 빗소리에
실팍해지는 아랫도리들처럼
내 밑동도 하얗게 살이 오르면

싸락눈이 맵차게 내린 어느 날
걷어붙인 새파란 손목들에게 썩둑썩둑 썰려서
겨우내 기도처럼 익어갈 것입니다
소금물이 살강살강 배어드는
깊은 항아리 속에서

동구

남편이 개 이름을 지어주고 벌어온 오만 원
꼬깃꼬깃한 그 속에서 젖비린내가 난다

동구, 맨 처음 불리는 그 이름에 도적을 본 듯 짖어대겠
지 개는,
천지간의 무한한 이름과 천진난만을 한꺼번에 도적해간
그 이름에게 이빨도 드러내겠지
그러고선 날마다 불리는 낯선 사료의 이름에
익숙해져가겠지
그 이름 앞에서 언젠가부터 꼬리도 치겠지 어느 날
목줄의 반경 안에서 터무니없게도 앞니가 달그닥거리겠지

오만 원을 쓰려니 무거워진다
개 이름과 바꾼 오만 원 속에는
호동그란 눈알이 보이고
붉은 혀가 보이고
앞산처럼 휘늘어진 등도 보인다

나는 개 이름과 바꾼 오만 원으로
투명한 과일들과 새벽 빛깔의 채소들을 사야지
평생 한 이름으로 불리어질 동구를 생각하며
적어도 오만 원 너머의 이름들을 불러와야겠다

방에 돌아오다

이십 년 전의 방에 돌아와
누우니
보일러 소리가 웅웅 반긴다

이십대의 나를 거쳐
달그락거리는 신혼부부와
예닐곱 세대의 전세와 월세를 거쳐
이제는 칠십 된 어머니가
잠만 자는 방

예전의 버릇대로
보일러 선 따라 모로 누우니
벌레 지나다니듯
물 흐느끼는 소리가 난다

나처럼 이 방에서
보일러 선 따라 몸을 말고는
물 지나다니는 소리를 듣다가 떠난
사람들을 떠올려본다

웃풍이 드센 이 방 천장이
콧김을 뿜으며 내려다보는
어머니의 순한 잠도 생각해본다

2부

혼자만의 버스

아파트 여자들

아침마다
음식물 쩌꺼기를 내몰고
재활용품과 쓰레기를 내몰고
이불의 살비듬과 먼지를 내몬다
어느 날은 베란다 너머로 산발한 머리가 머리카락을 터
는 것을 보았다

한 달이면 쌓이는 잡지들과
의류와 신발들을 내몰고
식구들이 묻혀오는 신발 속의 모래를 내몬다

오십 년 전의 일기장과
펜팔 주소가 빼곡한 팝송 책들과
이제는 울 시간이 없는 눈물과
성인이 된 아이들과
죽은 남편의 기억을 내모는 여자들

언젠가부터
경찰서나 부랑자 센터에서
자식들에게 업혀
집으로 오는 그녀들은

헐렁한 체크 남방처럼 아무나 걸칠 수 있는 집으로부터

강아지풀처럼 아무도 흔들어보지 않는 하나의 생으로부터 ⎯
자신을 내몰고 있었다

베란다에서 우수수 떨어지던 머리카락, 머리카락들

⎯

문학 지망생

그때는 그랬었다
몽당연필 한 개와 구겨진 노트만 있어도
전봇대에 대고 시를 쓰던 때
구름과 노을을 찍어서 채색하던 때

그때 나를 위해 대문을 열어주던
기 승 전 결이 없던 문장들 그때 나는
토막 난 지렁이를 풀숲에 던져주고
다음날 소생한 지렁이가 기어가는 것을 보았다

조조 영화관에서 똑같은 무협 영화를
숨어 네 번씩이나 보고 나오면
가로수들이 저녁의 협객들처럼 날아다니던 때
천 조각의 퍼즐을 빨간 눈으로 하룻밤 새 다 맞추던
먹어도 먹어도 갈증이던 그때

반지하의 내 얼굴 위로 바퀴벌레가 지나다니고
들짐승 한 마리 창틈으로 들어와
지독한 오줌을 이불 위에 싸고 달아난
천 조각의 밤을 지나
기운 자국이라곤 전혀 찾을 수 없는 비로드의 낮을 지나

나보다 더 깊은 지하에 사는 친구를 찾아가면

소설가 지망생인 그녀는 태연히 시멘트 벽 너머의 교성
을 이야기하고
우리는 침침한 불빛 아래 두더지처럼 붙어
천 조각의 일기를 서로에게 읽어주었다

오늘도 나는 쪼그리고 앉습니다

연골연화증에는 좋지 않다고 하지만
쪼그리고 앉는 자세는 펑퍼짐하게 앉는 것보다
골똘하기에 좋습니다
무릎에 젖가슴을 대고 앉아 있으면
아궁이 앞에 쪼그리고 앉아 장작불을 바라볼 때처럼
맘이 한곳을 바라보게 됩니다
이러고 있으면 당신을 더 잘 볼 수 있고
나에게 질리기 전에 무릎을 펴고
당신을 훌쩍 더 잘 떠날 수 있습니다
무릎과 가슴이 딱 붙어
외따로이 팔만 내민 채 생각을 납땜질하는
나는 곤충과도 닮았습니다
그런 나를 납죽 들어다 산속에 놓으면 바위가 되고
들판에 놓으면 탑이 됩니다
쪼그리고 앉는 일은
바닥도 허공도 아닌
오로지 나에게만 속하는 일
오늘도 나는 이 새벽 이부자리 위에
이제 막 직립을 시작한 원시인처럼 쪼그리고 앉습니다
이러고 있으면 재래식 화장실에 앉아
신문지 조각을 읽을 때처럼 엉덩이가 시려옵니다
아직 이러고 앉아 득도한 사람은 없나니
바위와 바위 사이 무릎을 비비며 우는 귀뚜라나 여름 여

치들,
　무릎으로 걸어가는 왜소증 사람들만이 나의 가련한 신도들,
　우리의 일이란 그저 틈이란 틈은 다 비집고 들어가서
　쪼그리고 앉아 하루 종일 울거나 멍 때리는 일,
　맘이 몸을 이기는 날
　우리는 득도에 이를 겁니다

남은 밥

반 넘어 남은 관상어 사료가
서랍 속에서 몇 해째 나고 있다

작은 아가미들은 다 어디로 가고
밥이 오래오래 냄새를 피우며 남아 있다
지금도 발견되는 선사시대 볍씨들처럼

목숨은 가고
흔적이 남고

바다 밑으로 가라앉은
물고기처럼 입이 작은 아이들

옷이 남고
어항 같은 방이 남고
웃음소리가 남고

남은 기억의 방이 너무 크다

돌이 짓는 옷

국립대구박물관 유리관 너머 고대의 직조기를 보며 옛적
의 옷은 하늘이 내렸다는 생각이 간절해진다 누군가에게서
혈관을 뽑듯 실을 뽑는 일도 그러하지만 무엇보다 천천히
은하수를 횡단할 것 같은 이 한 좌의 별자리 같은 직조기가
날실마다 돌멩이 하나씩을 매단 것을 보니 더욱 그러한 생
각이 든다 밤이 깊도록 한 사람을 생각하며 돌멩이를 엇갈
리는 사람과 그 옷을 기다릴 붉은 등을 생각했다 벌거숭이
몸을 물들인 최초의 부끄러움은 복숭앗빛이었을까 터질 만
큼 다홍빛이었을까 냇가에 징검돌이 놓여지듯 직조는 더디
고 더뎌 헐벗은 등이 서너 필의 아마포를 두르려면 빙하기
도 산사태도 지나야 했으리 거미가 앉아 짓다 달아난 것 같
은 고대의 직조기 앞에 서면 덜렁거리는 젖퉁이나 불두덩이
를 가리는 일이 다 몹쓸 짓 같다 바위 선사처럼 사람도 이끼
옷이나 해 입어야 할 것 같다 달과 바람의 물결무늬로 짜여
진 그 옷은 밤이면 돌무덤처럼 딱딱해졌을 것이다

색색의 옷으로 한반도의 명동을 활보하는
저 방년의 처자들은 모르리
실이 돌멩이를 매단 채 걸음을 떼던 극한의 시절을,
무명(無明)의 밤에도 멈출 수 없는

벽 하나를 사이에 두고

변기 물소리를 트고 사는 십구 평 아파트
일 년이 다 가도 찾아오는 이 없는 옆집에
오늘은 두런두런 사람 소리 들린다

먼 데서 온 일가붙이들 소리가
벽 하나를 사이에 두고 새어나온다
차가운 새해 벽두가
베란다에서 시어가는 김치처럼 후끈해진다

일가붙이를 먼 데 둔 내가
벽 하나를 사이에 두고
남의 일가붙이를 엿듣는 밤

장롱이 허물어지고
어느새 그 뒤의 벽도 여지없이 무너지고

나도 옆집의 일가붙이로 누워
흥성하니 코 고는 소리들 속으로
내 더운 숨의 발을 디밀어본다

단지

어느 날 그대가 버려진 단지 하나를 떠메고 왔다
붉은 숨을 흘리며 조금씩 흙으로 돌아가던 단지였다

어느 햇볕 좋은 날
고개를 박고
들여다보니

세상에서 잊혀진
가장 고요한 방 속에
귀뚜리 다리 같은 것도 담겨 있었다

단지가 담긴 베란다로
구름과 바람이 다녀갔다
와서는 붉은 흙을 조금씩 떼어갔다

이 늙어가는 방 속으로
나는 마지막으로
파랗게 우글거리는 청매실들을 쏟아부어주리
사각거리는 햇노래도 들려주리

한 가수

한 가수가
노래로만 머리 허옇게 센 가수가
왕년에 대마초 꽤나 했다는 가수가
바닷가 모래밭 가설무대에서
노래를 한다

리허설 무대인데도
정식 무대처럼
노래를 한다

아직 한참 어린 후배들은
따뜻한 카페에서
목을 아끼며 기다리는데
쉬어터진 목소리가
북을 찢고 나오고 있다

청중들은 아직 멀리서 오고 있고
가던 바람만
덜컥 치맛자락이 잡힌 해변

오는 노래는
막을 수 없는 것
단 한순간에

흘러가버리는 것

한 가수가
제 노래의 청중이 된 가수가
귀가 달린 노래를
홀로 듣는다

제 노래를 들으면서
제 노래를 채찍질하면서
가는 파도들

오다가다 앉은 기러기들
허물어지는 노래의
경계를 지키고

감방도 여러 번 갔다 왔다는 가수는
이제 대마초 따위 없어도
취할 수 있는 가수는

똘배나무

심학산 정상의 외진 산비탈에
그 똘배나무가 있다

내가 울긋불긋한 등산복들을 피해
조용히 도시락을 펼치던 그 바윗가에
여전히 한 밑동에서 갈라진 줄기가 샴쌍둥이처럼 맞붙어
있었다

내가 산 아래에서 쉬 흘려보낸
낮과 밤을 다 받아 모셔
탱자보다 더 작은 똘배들을 빼곡히 매달고 있었다

내가 몇 개의 방을 거치고
몇 개의 헛손질과 욕을 새로 익히는 동안
햇살과 비와 바람을 똘똘 뭉쳐 환으로 빚어낸 똘배나무여

시고 떫어서 날짐승도 따가지 않는다는
떨어질 때는 소리도 무게도 없는 똘배들

똘배나무는 누가 보든 말든 여지없이 똘배나무의 길을 가고
올해도 이 똘망똘망한 열매들은 저 혼자 열렸다 떨어지
곤 하는 것이었다
정상에서만 유독 맺혔다 가는 것이었다

변덕스러운 사람
—백석(白石)풍으로

삼월 하순 아파트 중턱에 걸린 해가 하마 사라질까 몸에 햇살을 들이며 앉았노라니 해에 구름이 들명 날명 아직 낮잠이 덜 마른 내 몸에 향기로운 대낮과 어스름한 저녁이 들고 나더니 기쁨도 설움도 날실 씨실로 얽히더니 나도 오늘 하늘의 변죽에 맞춰 아주 변덕스러운 사람이 되고 말아

이런 날은 긴 공터의 햇살과 구름을 구불구불 등에 다 새기며 기어가는 푸르죽죽한 애벌레처럼 나는 그냥 홀로인 나로만 이루어진 것은 아닌 듯하고 그 공터에 솟아난 풀들과 날아다니는 비닐들과 엎드린 들고양이 맘도 이런 것이려니 그리하여 모든 한탄이나 탄성들은 아주 오래전 하늘로부터 연결되어 있었단 생각이 자꾸만 드는 것이었다

혼자만의 버스

시외버스를 탔네
차창에 레이스 달린 분홍 커튼이 쳐져 있었네

구중궁궐 같은 버스였네
승객들은 하나도 보이지 않았네

어여 기사님아,
선글라스와
뽕짝 노래로
나를 어디로 모셔가나

앞머리를 커튼처럼 자른 나도
오늘은 이 버스의 기분을 알 것 같아

마음속에 들어앉아
저를 멋대로 몰아가는
저 기사님이 이끄는 대로
잉잉거리고 끼끼거리고 짓까부는
이 버스처럼

나도 마음속에
수벌처럼 붕붕거리는 기사님 하나 들어앉아
나를 출렁출렁 저 태양까지 몰고 갔으면

앞머리가
찰랑찰랑
커튼처럼 흔들리는
이 아침에

반신욕 생각
—늙은 인어의 노래

늦은 시간 욕조에 앉아 있노라니
위층에서
물 내려오는 소리 흐느낀다

나처럼 물속에 앉아 있는 사람이 또 있나보다
나처럼 시퍼런 아랫도리를 물에 담그고 생각하나보다

그곳은 아직도 힘찬 소용돌이 속인가
아가미족들은 희디흰 물방울 말로 사랑을 나누는가
보름밤이면 검푸른 바위 책을 읽기 위해
번쩍이는 아랫도리들이 물위로 기어나오는가

그중 몇몇은 이 도시로 흘러와서
밤이면 녹슨 아파트 철문을 따고는
낡은 욕조에 타들어가는 두 다리를 담글 것이지만
우리는 한 번도 만난 적이 없지만

고무마개를 뽑으면
비명을 지르며 빠져나가는 머리카락들 소리

이 층층의 하수관을 타고
무수한 아랫도리를 훑고 온 물들이 만나
이제는 떨어질 비늘도 없는 어깨동무로

흘러갈 그곳

그곳은 아직도 들끓는 노래 속인가
물결이 살결을 하염없이 애무하는

목련의 상부

아침에 가르마가 벌어진 채
육층에서 내려다보니
목련꽃들의 벌어진 정수리가 훤하다

아침부터 모여 떠드는
우리 라인 아줌마들의 억센 사투리와
사층 노인네의 담배꽁초까지 다 받아내던
저 정수리

그 속에
햇살과 바람과 비가 심어놓은
탱탱한 씨앗들
옹골차게 자라고 있음을 생각한다

바람이 가만히 내 정수리 가르마를 벌리고 간다
씨앗처럼 주름진 영근 얼굴을 들어올린 채
비질을 하던 경비원 김씨가 문득 알은체를 한다

산성(山城)을 찾아서

— 무너지는 것들은 다시는 城을 쌓지 않으리
산성의 기억은 외롭고 쓸쓸했으므로.

산성은 없고
팻말만 남은
산성을 찾아가니

민가의 얕은 담장에도 박혀 있네
오도카니 물속에도 앉아 있네
반들반들 묏등에도 앉아 해바라기하네

가다가 만나면
먼산 바라보며 앉아 쉬네
옛적의 사람들처럼

영숙이

나를 거쳐간 이름 중에는 유독 영숙이가 많다
중학교 때 간질을 앓던
내 의자를 붙들고 안 넘어가려 애를 쓰던 내 짝 영숙이와
고등학교 때 담을 같이 쓰던 이웃집 영숙이와
그 애 집에 놀러갔다 영숙이 몰래 내 머리를 빗겨주던 그
영숙이 오빠와
결혼해서는 죽어라 일만 하다 어느 날 불쑥 절에 들어간
영숙이와
이즈음은 김포에서 내게로 두 시간이나 차를 타고 와서는
시를 배우고 가는
혈색이 안 좋은 나더러 사슴피를 마셔보라는 사슴 목장 주
인인 영숙이도 있다

영숙이들은
서늘한 눈매와 다부진 입꼬리가 어딘가 닮아 있고
어느 땐가는 이들이 한 인물들 같아
내 과거를 다 안다며 불쑥불쑥 증거를 들이밀 것 같고
나는 앞으로 그 이름 앞에서는 정직해져야만 할 것 같고
한결같아야만 할 것 같고
앞으로 두어 명의 영숙이면 이번 생도 끝물이란 절망에
낯선 이들을 알기조차 꺼려진다

이 밤 영숙이는 또 어떤 이름과 밤을 나누는가

성도 얼굴도 다른 그이들이

몸에 영숙이를 담고 와서

내게 웃음과 주름을 주고 갔음을 생각하는 밤

나는 살아 영숙이와 나눈 끼니 수와

같이 보낸 밤의 수를 헤아려본다

그리고 먼 은하수 물결처럼 흘러갔을 영숙이들과

이 땅에서 내가 끝내는 못 만나고 갈 수많은 영숙이들도

생각한다

조그만 예의

새벽에 깨어 찐 고구마를 먹으며 생각한다

이 빨갛고 뾰족한 끝이 먼 어둠을 뚫고 횡단한 드릴이었
다고
그 끝에 그만이 켤 수 있는 오 촉의 등이 있다고
이 팍팍하고 하얀 살이
검은 흙을 밀어내며 일군 누군가의 평생 살림이었다고

이것을 캐낸 자리의 깊은 우묵함과
뻥 뚫린 가슴과
술렁거리며 그 자리로 흘러내릴 흙들도 생각한다

그리하여
이 대책 없이 땅만 파내려가던 붉은 옹고집을
단숨에 불과 열로 익혀내는 건
어쩐지 좀 너무하다고

그래서 이것은
가슴을 퍽퍽 치고 먹어야 하는 게 조그만 예의라고

한 시집

배낭을 정리하는데
철 지난 관람권처럼 툭 시집이 떨어진다

모서리가 닳고 눅눅한 이 시집은
아무래도 예전의 그 빳빳한 시집이 아니고

비는 행간에 얼룩을 데려와 있고
얼룩은 또 계곡을 데려와 있고
도담 삼봉을 다녀온 한 시집을 읽네

내가 배낭 속에서 귤 두 개를 건네준
버스 옆자리 여자의 살내음처럼
비릿한 한 시집을 읽네

규 귤을 머 먹어서 차 차멀미 안 했어요
하고 내리던
지독한 말더듬이 그 여자처럼
연거푸 두 번 시집을 읽네

아직 노독에 젖어 있는 한 시집을 읽네
아직 여행중인 한 시집을 읽네

께냐*

저 모금함이 몇 개나 그득 차야 붉은 땅에 돌아가나
파주 장단콩 축제
독수리 살처럼 검붉은 살 위에
독수리 깃털로 된 옷을 걸치고
남아메리카 에콰도르 인디언 형제가 께냐를 분다

께냐, 사랑하는 이가 죽어야 탄생하는 악기여**
다시는 함께 못 부를 노래여
내 입술이 당신을 불면
절뚝거리며 걸어나와
흙과 바위와 시냇물에게로 건너가는 당신
염소젖으로도 핑그르르 차오르는 당신

연골연화증으로 물소리를 달고 사는 나의 무릎뼈도
들판에 오롯이 버려진다면 그리하여
그 위에 비와 바람이 숭숭 구멍을 뚫어놓는다면
담벼락을 흔드는 귀뚜라미와 풀잎의 노래가
어찌 안 나오고 배기리

바야흐로 곡명은 El Condor Pasa***
하늘로 차오를 듯 흐느낌이 빨라지면
땅에 너무 오래 머문 독수리 깃털들이
너풀거리기 시작한다

아파트에 너무 오래 붙박인 늙은 정강이 몇도
훌쩍 일어나 덩실거리고
태양 너머 있다는 극지의 꼭짓점을 향해
후드득후드득 가창오리떼들이 날아간다

* 안데스 피리, 죽은 애인의 정강이뼈로 만들었다는 전설이 있다.
** 인터넷 카페 디디의 여행이야기 〈다시 께냐〉 중에서 빌려옴.
*** 〈철새는 날아가고〉, 사이먼 가펑클(Simon And Garfunkel)의
노래.

초당(草堂) 두부가 오는 밤

옛날에는 생각도 못한 초당을 알아
서늘한 초당 두부를 알아
동짓날 밤
선연한 선지를 썰듯 썩둑썩둑 그것을 썰면
어느새 등뒤로는
그 옛날 초당* 선생이 난을 칠 때면
뒷목을 서늘케 하며 일어서던 대숲이 서고
대숲을 흥흥히 돌아나가던 된바람이 서고
그럴 때면 나는 초당 선생이 밀지(密旨)를 들려 보낸
이제 갓 생리 시작한 삼베 속곳 일자무식의
여복(女僕)이 된다

때마침 개기 월식 하는 하늘 분위기로
가슴에 꼬깃꼬깃 품은 종잇장과
비린 열여섯 해를 바꿀 수도 있을 것 같고
저잣거리의 육두문자도 오늘밤만큼은 들리지 않는다 하고
밤 종일 붙어다니는 개새끼들에게도 한눈팔지 않고
다만 초당 선생 정짓간에서 저고리 가슴께가 노랗게 번
진 유모가
밤마다 쑹덩쑹덩 썰어 먹던 그것 한 점만 우물거려봤으면
이 심부름 끝나면 내 그것 한 판만 얻어
뱃구레 홀쭉한 동생들과 실컷 먹으리라던
허리춤에 하늬바람 품은 듯 훨훨 재를 넘던 그 여복이

초당 선생 묵은 뒤란으로 죽어 돌아온 밤

그 앞에 서면 그 여복 생각에 선생도 목이 메었다는 그것
을 나는
슬리퍼 찍찍 끌고 동네 마트에서 너무도 쉽게 공수받아
이 빠진 할멈처럼 호물호물 이리도 쉽게 먹는다는 생각에
그것이 오는 밤은
개짐**에 사타구니 쓸리는 줄 모르고 바삐 재를 넘던 그
여복처럼
목숨을 내놓지는 못할지언정
슴슴하고 먹먹한 시 한 편은 내놓아야 하지 않겠느냐며
우라질 초당 두부가 오는 밤이다

* 허엽(許曄): 1517~1580. 조선 중기의 문신. 호는 초당(草堂)이며
허균과 허난설헌의 아버지. 청백리이며 문장가. 조광조 · 윤근수 · 구
수담 · 허자 등의 무죄를 주장하다가 파직당함. 허엽은 강릉의 바닷
물로 간을 한 두부를 만들게 했는데 그의 호를 따서 초당 두부라고
하였다.
** 삼베를 기저귀처럼 잘라서 사용하던 옛날의 여성 생리대.

키친 나이프

새벽의 도마 앞에 서서
내 생애 온 두번째 칼을 잡는다
수십 자루의 칼을 댓잎처럼 갈아야 날랜 칼잡이가 되고
푸른 칼날은 바람까지 베어야 고수라는데
나는 결혼 십오 년에
한 번도 내 손으로 갈아본 적 없는
기껏 손가락이나 몇 번 베인
이것을 덤덤히 잡을 뿐이다
신혼의 첫새벽
물푸레나무 도마 위에 얹혀 있던
끝이 뭉툭 잘린 부엌칼
이제 남편은 그러지 않는다
어느덧 내가 무뎌졌음을 아는 거다
발레리나는 토슈즈를 일주일에 몇 켤레를 바꾸고
김연아도 스케이트 날을 수십 번 갈도록 피겨 기술을 연
마했다는데
반짝이는 키친 나이프 나의 칼은 제대로 뭉툭하기만 하다
아궁이 불 콸콸 오르던 정지에서 나온 고모가
흙 마당에서 파도 자르고 무청도 자르고
도망가던 닭 모가지도 내리치던
시커먼 나무토막에 박혀 있던 그 식칼
아버지가 앞집 남자와 싸우던 날
서슬 퍼래진 고모가 들고 나온 것도 그것이었는데

이제는 입식으로 바뀐 주방에서 나도 고모도
가볍고 맵시 좋은 이 키친 나이프를 쓴다
대대로 기가 센 남평 문씨 여자들 중에는
혼자 살다 죽은 고모가 둘
아직도 이혼 소송중인 사촌이 셋
나는 다만 조용히 새벽빛에 내 등을 갈며
나의 키친 나이프
지금은 조용히 쇠 속에 날을 숨긴 그것을 들어
뻣뻣하게 사후 경직된 오징어나 자른다
물러터진 토마토나 자른다
관처럼 반듯한 도마 위에서

배꼽

오래전의 누가
내 아랫배에다 꿰매놓았다
꾸들꾸들하고 말랑한 단추 하나를

그 속에는
돌돌 말린 때가 있고
나는 이따금씩 오십 년이나 묵은 그 때를 후비며
나를 이 땅에 쏟아낸 이의
아랫배 깊숙이 숨어 있는
내 것보다 더 우묵하고 오래된 그것을 생각한다
그 속에 깃든
수많은 협곡과 어둠도 생각한다

당신과 내가
연결되어 있었던 한때
우리를 이어주던 뜨겁고 붉은 실이여

하여 내 단추와 당신의 단추는 굳이 대보지 않아도
우리의 제비초리처럼
참 많이도 닮았을 거란 생각이 든다

설레임

아이스크림 박스에서
단연 눈에 뜨인 이것은
잔뜩 서리가 끼어 있고
깨물면 잇새가 아플 듯하고

이토록 차고 투명한 것
이내 손바닥이 얼얼해서
금세 놓아주어야 하는 것

얼얼한 심장 한쪽이
설레는 무게는 딱 이만하고
그것을 한 덩이로 얼리면 딱 요만하고

너는
여름을 최초에 얼린 이처럼
열로 들뜬 나의 손안에
한 덩이 두근거림을 쥐여주고

쓰레기통에는
설렘을 다 짜낸 튜브 같은 심장들
함부로 구겨져 버려져 있다

3부

내 가장 나중의 일

한뎃잠

장례식에서 돌아와
아침에야 밤잠을 잔다

돌아온 잠이 있고
돌아오지 못한 잠도 있다

병풍 앞에 둘러앉아
누군가의 한뎃잠을 지키던 사람들

그가 낯설게 뒤척이는 잠 속에 앉아
늦은 육개장을 집밥처럼 말아 먹어주고
(밤잠이 이리 환해도 될까!)
그가 켜둔 기억 속에 마지막으로 꽂혀 있었다

장례식이란 많은 사람들이
이제 막 시작한 누군가의 한뎃잠을 지척에서 지키는 일
돌아올 수 없는 잠에 대해 함구하는 일

생전 그와 같이 한 번도 누워본 적 없는 이들이
길고 지루하고 온전하게
(오, 하루치의 잠을 보시한 채)
한 개의 한뎃잠을 조문한 뒤

이 아침 방으로 돌아와
끊어진 밤잠을 다시 잇고 있다

돌탑

맨 처음 들판 위로 돌멩이 하나를 앉힌 사람과 돌멩이처럼 단단한 기도를 생각한다 그 사람은 알았을까 큰 산이 쪼개져오듯 저 들판에서 이 들판으로 수많은 돌들이 와서 이리 거대한 탑이 될 줄, 이리 질긴 목숨이 될 줄, 맨 처음 내게 심장을 던져준 이여 저문 저녁이 오고 긴 비마저 오면 어미 잃은 짐승처럼 느릿느릿 집이 젖고 살이 젖고 마침내 그 속의 심장이 젖나니 오늘은 비가 돌들의 이마와 돌들의 사타구니로 스며들어 나는 그가 늦가을 찌르레기처럼 우는 소리를 들었다 이는 밖을 잃고 안으로 쫓겨 들어간 것들의 동병상련이란 생각이 자꾸만 드는 것이었다

삽살개야

더부룩한 얼굴에
털이 눈을 가린 개야

네 몸의 털을 총체처럼 너풀거리며
네 다리를 비현실적으로 둥싯거리며
빗물을 걸레질하며 가는 개야

도로를 가득 메운 먼지도
털이 솟구치는 위험도
다 털 커튼 뒤에서의 일

세상은 완벽한 커튼이 쳐진 무대
매일매일이 개봉되는 극장

오늘의 공연을 관람하러
너울너울 언덕을 내려오는 개야
하루하루가 흥미로운 개야

나도 치렁한 앞머리를 내리고말고
이 지긋지긋한 주인공에서
하루아침에 관객이 될 수만 있다면야

내 가장 나중의 일

내 남은 생은 골목 깊숙한 가톨릭맹인선교회 같은 데서
사무장 같은 거나 하다 죽고 싶네
하루 종일 앉아 계시는 돌부처들 속으로
나 하나만 눈뜬 사람으로
눈뜨고 하는 일을 봐주다 가고 싶네

벌컥 연 화장실 문 안에
쪼그린 맹인 하나 발견하면
아무 말 않고 슬며시 문 닫아주고 나오겠네
아랫도리에 꾸들꾸들 달라붙은 설움 한 덩이를
나 죽을 때까지 입다물어주겠네

새벽까지 안마 일을 하고 온 내 맹인 친구가
희한하게도 날 알아보고 팔짱을 끼는 곳
아침이면 각지에 흩어져 사는
심봉사들 줄줄이 모여들고
어떤 바오로 씨는 라디오 같은 곳에 타박타박 점자를 잘
도 쳐 보내서
상품권 같은 것도 쏠쏠히 받아 챙기는 곳

미용 봉사가 나오는 날이면
나도 얌전히 내 희어지는 머릴 맡기고
밥때가 되면

얌전한 손들을 반찬 위에다 얹어주어야 하는 곳
눈 오는 날이면
줄줄이 굴비처럼 팔을 꿰고 건너가는 우리를
차들은 멈춰 서서 한참을 기다리겠지

더듬이 같은 손들로 벽지는 쉬 더러워지고
지문으로 온 방은 번들거리지만
서로를 동물의 후각으로 알아채는 그곳
집에 돌아오면
나도 어느샌가 내 식구를 큼큼거리며 찾게 되겠지
극진히 살도 더듬게 되겠지

아침에도 깜깜한 그곳
부조처럼 앉아 있는 밤들 위로
환하게 낮을 켜주려 가고 싶네
내 늙어가는 감각을 등불처럼 켜 들고
오로지 눈뜬 사람만이 할 수 있는 일로 그곳에 들면
낯선 후각과 촉각들이 나를 더듬으러 오는 곳

어느덧 나도
향불이 흔들리듯
아득한 사람의 냄새를 맡게 되겠지

쓴다

돌잔치에 다녀와서
어떤 날은
문상을 하고 와서
쓴다

코 푼 손으로
쓴다

가래를 뱉고 와서
쓴다

이별을 하고 와서
눈물을 흘리며
쓴다

달보다 늦게까지
어떤 날은 해보다 일찍부터
쓴다

다친 손가락에 붕대를 감고 와서
전투적으로
쓴다

일주일 만에
두 달 만에
삼 년 만에
쓴다

꽉 다문 입술로
몇 시간째 째려보는 나를 위해
힘든 배설을 하듯
단발마로 떨어지는

쓰레기장보다
지독한 냄새가 나는
힘줄보다
질기디 질긴

쓴다

칠십

먹지는 않고
방울토마토 한 개를
손바닥 안에서 궁글리고만 있다
그러곤 가지고 놀기 좋다 한다

먹는 것도 시들해지는 나이!
오늘은 한 알의 방울토마토가
소소한 곡절로 품안에 쏙 들어온
어여쁜 머리통 같다 한다

모든 것이 입으로 직행하는 아가들과 달리
입속의 것도 뱉어 들여다보게 된다
어리고 여림을 함부로 범하지 못하고
그것을 보내준 이를 생각하게 된다

이를테면 호두 두 알이 맨질해지도록
손바닥 안에서 무지막지 굴리는 이보다는
한결 우주적이 된다

동거

 자루에서 검은콩을 덜다가 이것을 보내준 이를 생각한다 평생 호적에 누군가의 동거인으로 남아 있는 사람과 그이의 검게 썩은 앞니와 기러기처럼 부드러운 옆구리를 생각한다

 동거란 말에는 더운 살냄새가 난다 대문이 아니라 으슥한 셋방의 쪽문이 달린 이 말에는 누군가를 위해 양은 냄비 데우는 소리와 뒤축이 닳은 슬리퍼 소리도 난다 이 변두리 말에는 팔짱을 끼고 희희낙락하는 야시장의 술렁임과 술꾼들 추파에도 아랑곳없이 남은 음식을 챙겨 돌아가는 치맛자락도 보인다

 호젓한 이 말의 방안, 그이가 피붙이들에게 보낸 검은콩에는 울퉁불퉁한 상처가 많다 나는 이 콩들처럼 단단한 머리통의 아이들을 이제는 담을 수 없는 아랫배와 아직도 새벽이면 희뿌윰한 빛 속에 앉아 머리를 빗는 학처럼 가는 허리도 생각한다

어느 방콕형 룸팬의 고백

하루종일 방안에 틀어박혀 있다가 듣는다
이웃집 여자가 쑤욱 현관에 열쇠 밀어넣는 소리를,
기다림이 고구마처럼 잘 익은 그 소리를

여자는 오자마자 창문을 활활 열어젖힌 채
오랜 적막의 냄새를
신선한 처녀들의 냄새로 바꾼다

여자가 식당에서 종일 남의 밥을 해줄 때
나는 파리를 그것도
날아가는 파리를 맨손으로 열 마리나 잡았다

나는 한때
여자가 내 집에 열쇠를 꽂는 것을 상상한 적이 있다
반짝이는 잭나이프 같은 그것이
나의 숨죽인 그곳을 가만히 찔러주는 것에
애끓인 적이 있다

나는 이제 방안에 엎드려
오후 다섯시면
깨꽃들과 나비 사이를 지나서 오는
타박 걸음을 다 헬 수 있다

그 매운 향기와 흐느끼는 춤을
눈감고도 다 볼 수 있다

밤비 오는 소리를 두고

바람에 나뭇잎들이 비벼대는 소리라 굳이 믿는 것이다
한창 재미나는 저녁 연속극을 끌 수가 없는 것이다
빨래가 널린 옥상을 괜히 한번 염두에 둬보는 것이다
뭔가에 환호할 나이는 지났다고 뭉그적거려보는 것이다
속는 셈치고 커튼을 열고 베란다 문을 여는 수고가 하기
싫은 것이다
누가 이기나 최대한 견딜 때까지 견뎌보는 것이다
손익 계산부터 해보는 것이다

어느 방에 관한 기억

가령, 출출한 소읍의 어느 식당
때마침 넘쳐난 손님에
주인장이 궁색하게 내준 하꼬방에
일행과 함께 든 적 있으신지
개어놓은 지 오래인 이불과
얌전한 철제 책상이 하나 앉아 있는
문 닫으면 오롯이 섬이 되는 그 방에서
주인장이 내온 뜨뜻한 칼국수를 받아본 적 있으신지
못에 걸린 낡은 청바지와
철 지난 핸드백의 주인이 누구일까 하는 궁금증이
칼국수에 고명으로 얹히는 그 방에서
우리는 이제 보통의 손님은 아니게 되고
찬찬히 우리의 가르마를 들여다보는 목단꽃 무늬 천장 아래
시답잖은 농을 버리고 앉음새가 조신해지는 것을 경험해
보셨는지
달그닥거리는 젓가락 소리로 그 방을 깨워보셨는지
언젠가 찬 골목에서
어깨 조붓한 그 방의 주인과 스친 적 있다는 생각도 해보
셨는지
또 어느 날 우리처럼 그 방에 들어서
그 방의 역사를 대대로 이어갈
숟가락 소리들을 떠올려보셨는지
누대로 그 방을 먹여 살리는

냉장고

며칠 전의 냄새가 난다
이미 사라진 것들 냄새가
유령처럼 층층이 떠다니는 곳

내일이면 또다시
사라질 것들로
가득 채워지는 곳

머리에 가슴에 바코드를 달고
날이 갈수록
절박해지는 유통기한들

칸칸마다
납골당처럼 남은 흔적들

몇 달 전의 생일 케이크 냄새와
어제의 생선 비린내가
검은 벨벳처럼 걸려 있는

내
유일한
추억의
되새김질 장소

나는 하루에도 수십 번씩
희고 싸늘한 관뚜껑을 연다
옛집의 파란 대문을 열듯

먼 데

지난해부터
공원 미니 동물원에
미어캣 다섯 마리가 들어와 살고 있다

모래를 파다가
쪼그만 두 발로 모래를 파다가
두 발로 곧추서서 먼 데를 본다

모래 밑에는
딱딱한 시멘트 공구리
파도 파도 들어가지지 않는 시멘트 공구리

동그란 눈에
뾰족한 하관으로
아지랑이 피는 먼 데를 본다
하루에도 수십 번
얼음땡 놀이를 한다

먼 데는
적이 오는 곳
까마득한 점으로부터
대낮처럼 두 날개를 펼친
맹금류가 오는 곳

있지도 않은 먼 데는 무섭다
올지도 모른다는 먼 데는 무섭다

피처럼 붉은 고기를 찢어 먹다가
또 먼 데를 본다
내게는 보이지 않는 먼 데를 본다

문(門)

어머니의 하문(下門)을 시작으로
내 누옥의 마지막 문은

열두어 살 적
상주군 화북면
어머니의 아재뻘 되는 집에서 밀어본
밀면 안이요 밖인 그런 문

먼바다를 내달린 바람도 펄렁 열어젖히고
밖에서 어른거리는 누군가의 맘과
문고리에 숟가락을 꽂은 내 맘도 환히 읽히는 문

눈이라도 오면
습습함에 문풍지가 녹고
해와 달빛도 쉽게 들키는 문

턱밑에 찬 적막에
왈칵 뛰쳐나가면
오래도록 젖혀진 채 흔들리다가
내가 올 때까지 그대로인 문

웅크린 어깨로 다시 돌아와
조용히 말을 닫듯 그것을 닫아걸면

나와 함께 오래도록 동안거에 들어가는 문

긴 겨울 지나
그릉그릉한 소리의 짐승 하나
밖에 서성일 때까지

알콜중독자

잔을 들 때마다
멀어져간다

사채빚처럼 자라는 아이들과
치매기의 어머니로부터

잔을 들 때마다
떨어져나간다

오르는 월세와
장자라는 전자발찌로부터

잔을 들 때마다
사라져간다

벌벌 떠는 손가락과
가는 머리칼이
한 개씩
한 뭉텅이씩

잔이 거듭될 때마다
담겨 있게 된다

땅도 어둠도 아닌
절절 끓는 한 냄비 물소리 속에
후회도 치욕도 없는
생물이라는 가장 작은 원형질 속에

태양계를 떠난 그가
24시 구이집에
빈병처럼 앉아 있다

피망

피망은 북한말로 사자고추
그 이름은 암만 생각해도 정말 그럴듯하다

외래어를 조선말로 바꾸는
희대의 사업에 동원되어
푸른 피망 그림 하나를 집에 들고 온
가난한 북한 사람의 저녁

그 울퉁불퉁한 피망 그림을
밥 먹다가도 자다가도 들여다보며
미지의 이름 하나에 생사를 건 그는
분명 시인이었을 터,
시인은 고독한 작명가와 다름아니므로

얼마나 간절하고 다급했으면
그것이
푸른 갈기 일렁이는 얼굴 하나를 들켜버렸을까

간절함은 통하는 것이라고
원래 시란 그러하다고

절박한 그 밤,
그 위험한 풋것 속에서 그는

으르렁거리는 얼굴 하나와 맞닥뜨렸을 것이다

천이백 년에 비하면

오늘은 개천절
가족과 용문사엘 간다
그곳에 있는 천이백 년 된 은행나무처럼
홀로 우뚝하지 못할 바에는
이렇게 공휴일이면 온 가족이 몰려다니며
의기투합을 확인해야만 한다

지하철로 환승해서 용문역에 가면
아직도 뷔페 식당에서 차가 마중나오는 시대가 있다
여전히 먹는 게 통하는 세상이 참 신기하다
한 차에서
한 솥의 음식과
뽕짝 노래로 흔들리노라면
어느새 우리는 한 화분 안의 모래들

굽이치는 능선 같은 천이백 년 앞에서
겨우 몇십 년 된 인간들이 사진을 찍는다
기껏 자벌레의 걸음으로 알은체를 한다
용문역으로 돌아오는 버스에서 다시 만나
껄떡거리며 명함도 돌린다

돌아오는 지하철 안
아침에 나란히 앉아왔던

다문화 일가족과
또 용케 옆자리에서 만나다니
그것참, 신기하고 희한한 일이지만
그리 호들갑 떨 일도 아닌 듯했다
거북이 등껍질처럼 갈라진 천이백 년에 비하면
아직은 풀잎의 인연인 듯 했다

키위

동성로*를 걷다가
너는 생각난 듯 털복숭이 과일이 잔뜩 쌓인
어떤 리어카 앞으로 내 손목을 끌었는데
연필깎이 칼이 여럿 달린 그 앞에서
너는 돌돌돌 한 개를 잘도 깎아
진물 아린 초록을 내게 내밀었는데
여름이 꼭 그렇게 생겼을 거야
다래랑도 비슷하고

리어카 앞에는 우리 말고도
그것을 까서 먹던 사람들 여럿
양볼 가득 알밤을 품은 다람쥐들 같았는데
털복숭이들은 리어카 밖으로 기어나올 듯 꼬물거렸는데
가만있어도 잇새로 신 웃음이 배어나왔는데

이제 동성로 한복판에 그런 리어카는 없다
간혹 보이는 털복숭이들은 유리 진열장 속에서
알록달록 조명을 입고 있다가
털옷이 벗겨지기 무섭게
믹서기에 무지막지 갈릴 뿐

이제 동성로 한복판에서 만나도 너는 그것을 사지 않는다
아무에게도 깎아 내밀지 않는다

그때처럼 신 침을 흘릴 수는 있지만
우리에게 다시는 초록이 몸 내밀지 않는다
털복숭이 리어카가 사라진 동성로
한때 그 속에 명징한 초록이 있었다

* 대구 동성로.

여름 끝물

여문 씨앗들을 품은 호박 옆구리가 굵어지고
매미들 날개가 너덜거리고
쌍쌍이 묶인 잠자리들이 저릿저릿 날아다닌다

얽은 자두를 먹던 어미는 씨앗에 이가 닿았는지 진저리
치고
알을 품은 사마귀들이 뒤뚱거리며 벽에 오른다

목백일홍이 붉게 타오르는 수돗가에서
끝물인 아비가 늙은 오이 한 개를 따와서 씻고 있다

사나운 노후

국민연금이나 그 흔한 저축성 보험 하나 없는 나를 두고
친구들은 노후 걱정을 해준다 노후 준비를 미리 해두는 센
스 있는 그이들 앞에서 나는 대책 없이 막 사는 인간이 된다
짱짱한 노후 대책을 가진 자들은 대체로 느긋하고 의젓하다
나는 그이들 앞에서 좌불안석, 미간에 주름이 지고 옹졸해
진다 그이들은 먹는 것도 우아하게 쩝쩝거린다. 나는 먹는
것도 쩝쩝거려진다 나는 아무래도 대책 없이 늙어갈 것 같
다 한편 이 대책 없음도 나쁘지 않겠단 불온한 생각이 드는
때가 있다 늙어 문단의 저잣거리에서 걸뱅이 짓을 하거나
퇴물 기생처럼 두 딸에게 얹혀살다가 마지막엔 그마저도 내
쳐져 어느 비루한 날, 남의 처마 밑에서 듣는 비나 우산 끝처
럼 떨구다 죽어도 좋겠단 사나운 생각이 드는 것이다 그러
면서 한편으론 뭐가 될지 모르는 막연한 늙음을 으쓱거리며
기다려보자는 것이다 졸업 여행을 앞둔 청춘의 아이들처럼

저녁의 초식동물들

보리수나무 아래
잎과 열매가 흩어져 있네

엊저녁
초식동물처럼
보리수 열매를 입으로 훑던 사람들,

유순히 달빛을 받으며
어떤 이는 고라니처럼
어떤 이는 사슴처럼
두 발로 곧추서서

아주 흔한 그림이었지
길 가다
산딸기를 훑고
찔레순을 분질러 먹고
버들치 후후 불며 시냇물 마시던
옛적에는

사슴과 고라니가 입 댄 그것을
사람도 오물거리던 그때는
시큼 덜큰한 맛이 지천에 뻗쳐
사람 속에도

눈썹이 정한 짐승 한 마리쯤 들었었다지

우물 바닥에 첫물이 고이는 새벽이면
사람 속에도
순한 이슬이 고였다지

감색 우산

엊그제 발 담근 계곡에서
급한 비를 받아낸 우산을
오늘 내다 말린다

그곳에서
엉덩이춤을 추던 연변 여자들과
계곡마다 평상을 앉히고
음식을 나르던 근육질의 총각들
깔깔거리며 뒤집어지던 나뭇잎들과
허연 넓적다리들

그 소란을 다 받아내던 민달팽이 등 위로
당신과 내가 쏟아낸 웃음은 몇만 타래인데
그 들끓는 물방울들을 다 받아낸
우산은 짙은 감색인데

오늘 우산은 누가 채근하는 것도 아닌데
급속히 마른다

식당으로 피혁 공장으로 흩어진 여자들의
하초도 마르고
민달팽이의 민등도 마르고
눈물 많은 당신도 마른다

내 감색 우산은 여전히 참 잘도 튕겨낸다
언제나 웃음처럼 활짝 펴진다

작업실을 기다리며

도서관 디지털실에서 문인 창작실을 검색하며
그런 곳에나 한번 들어가고자 한다

그곳에서 나는 내 서방 몰래
달과 새를 불러 동침하리라

나는 밤이면 깨어나는 위험한 승냥이
하루에 한 끼도 먹는 둥 마는 둥
내 창 아래 걸어가는 누군가를 꽉 물어 죽일 수도 있으리라

나는 다른 창가를 절대 어른거리지 않으리라
그곳에서 검은 짐승 하나 뛰쳐나와
내 목덜미를 물지 말란 법 없으니

그와 나는 같은 식탁에 앉아서도
서로 다른 태양계를 헤매리라

가끔 우리는
우주의 생명체를 만난 양 서로를 살피리라
누구의 태양계가 더 큰지 가늠하리라

그곳에서 나는
죽어서도 쓸 수 있는 글을 궁리하리라

해설

생활이라는 윤리학

송재학(시인)

1

오래전 처음 마주친 문성해의 시「공터에서 찾다」(『자라』, 창비, 2005)를 읽다가 떠올린 이미지는 후지와라 신야의『티베트 방랑』이었다. 그 산문집은 도시/생의 허망함을 벗어나거나 견디기 위하여 티베트에 간 사내의 전말기이다. 벗어나거나 견디기 위하여라는 말은 적합하지 않겠다. 허망함을 벗어나거나 견디기 위한 성찰이 목적이 아니라 그 과정이 육화되는 경이로운 산문집 속에서 내가 몇 번 되돌아갔던 부분은 개가 버려진 마니차(경전이 새겨진 염불통)를 "물고 뜯는 시간"들이다.

    페트병 한 개와 물고 뜯는 시간, 나는
    이것을 단순해지기 위한 노력이라 부른다
    썩은 고깃덩이로 던져진
    이 도시에서 단단한 무기질의 희망
    얻기가 그리 쉬운가
    누르기만 하면 입 발린 언약들
    당장이라도 쏟아내는 자판기들아
                              —「공터에서 찾다」 부분

사람의 손이 닿아 치즈와 버터 냄새가 배인 낡은 마니차의 냄새는 개를 자극했을 것이다. 유혹의 냄새 때문에 개는 염불퉁을 물고 뜯지만 육질이 전혀 없는 텅 빈 것, 하지만 버리고 돌아서면 바람이 이끌어내는 달콤한 냄새 때문에 개는 다시 마니차를 하염없이 물어뜯는다. 마니차에 대한 개의 집착에 몸서리를 치면서 나는 개의 이빨에 내 감정을 들이밀곤 했다. 문성해는 티베트가 아니라 우리의 공터에서 마니차 대신 페트병을 집요하게 물고 뜯는 개를 보여준다. 이제 티베트에 갈 필요가 없구나! 이것이 시 「공터에서 찾다」에 대한 나의 독후감이다. 그리고 허망과 집착 사이를 묘사한 시인의 이름을 기억했다. 아름답지 않고도 처절한 문성해의 언어들은 역설적으로 담백해서 아름답다. 그러니까 "페트병 한 개와 물고 뜯는 시간, 나는/ 이것을 단순해지기 위한 노력이라 부른다"라는 문성해의 고백과 개는 공터와 티베트를 같은 공간 같은 시간으로 창조했다.

생의 모퉁이에서 찾아내는 암전(暗轉)은 문성해에게 자주 허용된 희랍극의 재능이랄 수 있다. 예컨대 문성해의 시 「자라」(『자라』, 같은 책)를 읽을 때의 즐거움은 낯설거나, 하지만 이미 익숙하기에 누구나 부딪칠 수 있는 어둠과 밝음의 교차이다. 그 교차점은 시인이 부여한 '자라'라는, 슬프지만 눈물이 없기에 더 슬픈 호명에 의해서 이루어진다.

　　오늘 불이 나고
　　보았다

어서 고개를 내밀라 내밀라고,
사방에서 뿜어대는
소방차의 물줄기 속에서

눈부신 듯
조심스레 기어나오는
꼽추 여자를,

잔뜩 늘어진 티셔츠 위로
자라다 만 목덜미가
서럽도록 희게 빛나는 것을

—「자라」 부분

　　"소방차의 물줄기"와 "눈부신 듯/ 조심스레 기어나오는/
꼽추 여자"의 원관념은 바로 "거북아 거북아 머리를 내어
놓아라. 내어놓지 않으면 구워 먹으리라"라는 「구지가」가
아닌가. 「구지가」는 왕을 맞이하기 위한 주술의 노래이다.
그 주술의 서원은 왕이 없는 시대의 문성해에게 이어져와
서, 시인 자신의 말을 빌리면 "앉아 있지 못하고 서성댄 날
들의 기록"(「시인의 말」, 『자라』, 같은 책)이라는 서정의 노
래로 바뀌었다.
　　시 「일식 2」(『입술을 건너간 이름』, 창비, 2012)의 시점은
「자라」의 꼽추 여자를 계속 관찰해왔던 3인칭 시선 너머의

전지적 시선이다. 공간은 삼라만상 하늘로 확장되었고 시
간은 더없이 윤회적이다.

　누구신가
　까마득한 하늘에서
　우물 뚜껑을 닫는 자는,

　당신은 더이상 우물 속이 궁금하지 않은 자
　조용히 우물을 메워버리려는 자
　　　　　　　　　　　　　　　　—「일식 2」 부분

　깜깜해지는 일식이다. 해를 가린 능동태의 일식이 진행되
면서 지상이 우물 속이라는 것을 상기시킨다. 우물 속이라
는 건 무엇보다 이곳이 아웅다웅 별 볼 일 없는 지상이란 자
조적 의미를 발생시킨다. 아웅다웅 뒤엉키는 지상의 인간이
보기 싫어 인간을 멸절시키려는 신과 자연의 시도는 여러
번 있었다. 문명사에서 최초로 등장한 수메르의 신들인 안
(an)과 엔릴(enril)은 공감 끝에 인간을 없앨 것을 제안하고
홍수를 일으킨다. 「일식 2」 속의 당신 또한 우물 속의 지상
이 역겨워서 우물의 뚜껑을 닫고 우물을 메워버리려 한다.
어떤 심리가 있었던가. 수메르의 제신들처럼 당신 또한 변
덕이 심한 능력자인가.

누구신가
까마득한 하늘에서
우물 뚜껑을 다시 여는 자는,

당신은 아직 우물을 포기 못한 자
아직 우물 속이 궁금한 자

—「일식 2」 부분

  하지만 다시 당신이 우물의 뚜껑을 열어 인간을 유지시키려 한 것은 무엇 때문인가. 시에 의하면 당신이 우물을 포기 못한 것은 우물 속이 궁금했기 때문이다. 당신의 정체가 궁금한 것이 아니라 나 역시 시인처럼 우물 속의 아웅다웅이 궁금하다. 하여 네번째 시집은 두렵고 낯선 일식의 일일 드라마로 구성되었다. 문성해 시의 장점이자 특성인 발화된 언어들이 독자들에게 도착했을 때 동심원의 메아리를 가진다는 점을 염두에 두고, 시인의 말을 한 번 더 빌리자면 "시가 되지 못하고 잊혀진 것들"이기에 더 쉽게 다가올 시편들이다.

2

  가령, 이런 방에서 칼국수를 받아본 적 있는지.

가령, 출출한 소읍의 어느 식당
때마침 넘쳐난 손님에
주인장이 궁색하게 내준 하꼬방에
일행과 함께 든 적 있으신지
개어놓은 지 오래인 이불과
얌전한 철제 책상이 하나 앉아 있는
문 닫으면 오롯이 섬이 되는 그 방에서
주인장이 내온 뜨뜻한 칼국수를 받아본 적 있으신지
못에 걸린 낡은 청바지와
철 지난 핸드백의 주인이 누구일까 하는 궁금증이
칼국수에 고명으로 얹히는 그 방에서
우리는 이제 보통의 손님은 아니게 되고
찬찬히 우리의 가르마를 들여다보는 목단꽃 무늬 천장
아래
시답잖은 농을 버리고 앉음새가 조신해지는 것을 경험
해보셨는지
달그닥거리는 젓가락 소리로 그 방을 깨워보셨는지
언젠가 찬 골목에서
어깨 조붓한 그 방의 주인과 스친 적 있다는 생각도 해
보셨는지
또 어느 날 우리처럼 그 방에 들어서
그 방의 역사를 대대로 이어갈

숟가락 소리들을 떠올려보셨는지
누대로 그 방을 먹여 살리는
                    —「어느 방에 관한 기억」 전문

이라는 시를 읽으면, 이번 시집에서 문성해의 변모가 의도적
이지 않고 자연스럽다는 점이 엿보인다. 단순하게 말하자면
『자라』『아주 친근한 소용돌이』(랜덤하우스코리아, 2007)
『입술을 건너간 이름』이라는 이왕의 시집과는 달리 생활을
온전히 두 손바닥에 올려놓는다는 점이 시발점이다. 앞서
세 권의 시집을 관통한 영롱한 시선 대신(물론 영롱함은 사
라지지 않았다, 무게중심이 바뀌었을 뿐이다), 문성해가 선
택한 것은 생활에 대한 적극적 포용이다. 생활/살림은 쉬이
관념이 되지 않는다. 생활은 관념의 반대쪽에 자리잡기 마
련이다. 예컨대 고독이라는 말조차 생활/살림의 시각으로는
버겁다. 문성해의 이번 시편들이 그렇다. 온통 생활의 빼곡
한 모습들이다. 손바닥이란 시렁 위에 얹어놓은 모든 것들은
생활/살림의 민낯이다. 그 생활/살림들은 빼곡하면서도 말
하기 쉽고 듣기 쉽고 기억하기 쉽다. 그러기에 생활/살림 속
에서는 흰 목련꽃조차 "오늘은 꽃잎 떡떡 벌어지는 목련의
상부를 내려다보며/ 저 안간힘의 빛을 내 눈의 곳간에 차곡
차곡 쌓아두련다"(「이번에는 목련이다」)처럼 생활/살림의
모습으로 개화한다. 문득 약력을 들추니 시인은 1963년생,
1998년의 「공터에서 찾다」가 새삼스럽다. 인도 뭄바이 여행

에서 인도 사람을 통해 생활이 일상의 생존이 되는 것을, 시
인은 경험하게 된다.

　　한 손에 아이를 안고 내민 그것들
　　햇볕 속에 얼마나 뒤집어 보인 것인지
　　흑요석의 눈동자보다 더 그을려 있네

　　뭄바이에서 내가 최고로 많이 본 것
　　오목한 입술이 들어 있는 것
　　달싹거리는 입술이 달린 손바닥을 본 적이 있는가

　　손에 딸린 바닥으로
　　여인들은 더러운 땅바닥을 짚고 있다가
　　여행객을 만나면 뒤집어 보였네
　　화려한 구걸의 말도 없이

　　거부당하는 데 익숙한 표정들이
　　그 흔한 욕도 없이 돌아서면
　　도시는 또다시 조용해졌네

　　손에 달린 혓바닥을 본 적이 있네
　　가문 저수지 바닥처럼 금이 가 있었네
　　　　　　　　　　　　　　　　　—「손바닥들」 전문

뭄바이 여인들은 한 손에 아이를 안고 다른 손으로 구걸하는 손을 내민다. 그을린 손바닥에서 화자가 본 것은, 아니 느낀 것은 오목한 입술, 달싹거리지만 동정심을 구하는 말을 떼지 못하는 입술이다. 너무 그을리고 너무 금이 많이 갔기에 손바닥에 입술 모양의 흔적이 생겼다. 입술이 어떻게 손바닥에 생겼는가, 라는 의심/착각을 따라가면 시인이 목격한 충격을 고스란히 공유할 수 있다. 생의 모서리를 놀랍도록 특별하게 증폭시켰지만 자괴감 대신 아, 하는 생활의 탄식을 이끌어낸다. 말해서는 안 되는 것을 토로해야 하는 시인의 의무처럼, 생활은 이렇게 어딘가 붙어 있어 쉬이 떨어지지 못하는 입술처럼 보여야 하는 괴로움이 있다.

  그러기에 뭄바이를 경험하고 돌아온 시인에게 일상의 입술들은 고맙고 기특하다. 예컨대 "눈 오는 아침/ 혼자 밥에 열무김치를 비비는데/ 기특하게도 입안에 침이 고인다"(「거지의 입맛」)는 생활은 "오래전, 동구 밖 김장 터에 둥지 틀었던 그 여자 거지"와 겹치기 때문이다.

  식전 댓바람에 남의 집 대문을 두들기진 못하고
  밤새 서리 앉은 밥과 반찬을 슥슥 비빌 때
  그 입안에 괴던 침이 내 안에도 괴는 거였다
                                        —「거지의 입맛」 부분

라는 겹침 또한 흔하디 흔한 생활이다. 이러한 생활의 쓸쓸함은 얼마나 자주 오는가, 또 얼마나 자주 희미해지는가. 모든 각성은 어떤 몸을 가진다. 문성해는 그 몸을 수용하기로 오롯이 작정한 듯하다.

이런 날은 긴 공터의 햇살과 구름을 구불구불 등에 다 새기며 기어가는 푸르죽죽한 애벌레처럼 나는 그냥 홀로인 나로만 이루어진 것은 아닌 듯하고 그 공터에 솟아난 풀들과 날아다니는 비닐들과 엎드린 들고양이 맘도 이런 것이려니 그리하여 모든 한탄이나 탄성들은 아주 오래전 하늘로부터 연결되어 있었단 생각이 자꾸만 드는 것이었다
　　　　　　　　　　　　　　　　―「변덕스러운 사람」 부분

라는 구절을 본다면 각성은 마침내 윤리를 가진다. 그리하여 「조그만 예의」라는 윤리학이 등장했다. 그 윤리학은 생활과 밀착한, 생활에 의한 생명체이다. 새벽에 찐 고구마를 먹으며 떠올리는 생각들을 들어보자. "이 팍팍하고 하얀 살이/ 검은 흙을 밀어내며 일군 누군가의 평생 살림이었다고" 생각하는 것과 "이 대책 없이 땅만 파내려가던 붉은 옹고집을/ 단숨에 불과 열로 익혀내는 건/ 어쩐지 좀 너무하다고" 생각하는 것과 "그래서 이것은/ 가슴을 퍽퍽 치고 먹어야 하는 게 조그만 예의라고" 생각하는 것까지 죄다

고구마의 윤리학이다. 어쩌면 윤리학은 생물학의 인접 학문이 아닐까.

밤비 오는 소리 또한 살림의 진득한 일부이다. 밤비 소리를 나뭇잎들이 비벼대는 소리라 굳이 믿고, 빨래가 널린 옥상을 가는 수고 대신 게으름을 택한 저녁나절의 평화에 빠진 생활이 여기 있다. "누가 이기나 최대한 견딜 때까지 견뎌보는 것이다/ 손익 계산부터 해보는"(「밤비 오는 소리를 두고」) 일상이 슬며시 미소를 짓게 한다.

한편 이 대책 없음도 나쁘지 않겠단 불온한 생각이 드는 때가 있다 늙어 문단의 저잣거리에서 걸뱅이 짓을 하거나 퇴물 기생처럼 두 딸에게 얹혀살다가 마지막엔 그마저도 내쳐져 어느 비루한 날, 남의 처마 밑에서 듣는 비나 우산 끝처럼 떨구다 죽어도 좋겠단 사나운 생각이 드는 것이다 그러면서 한편으론 뭐가 될지 모르는 막연한 늙음을 으쓱거리며 기다려보자는 것이다 졸업여행을 앞둔 청춘의 아이들처럼

—「사나운 노후」 부분

이라는 대책 없음에 주목해보자. 시인의 사나운 생각은 현실에 대한 적응이 아니다. "늙어 문단의 저잣거리에서 걸뱅이 짓을 하거나 퇴물 기생처럼 두 딸에게 얹혀살다가 마지막엔 그마저도 내쳐져 어느 비루한 날, 남의 처마 밑에서 듣

는 비나 우산 끝처럼 떨구다 죽어도 좋겠"다는 사나운 생
각이 먼저이다. 하지만 시인의 사나운 생각은 불온한 생각
을 위한 도입부이다. "뭐가 될지 모르는 막연한 늙음을 으
쓱거리며 기다려보자는 것이다 졸업 여행을 앞둔 청춘의 아
이들처럼" 불온함이 가질 수 있는 풍성한 생활/살림을 상
상해본다면 불온함이야말로 문성해가 생활/살림을 바라보
는 "슴슴하고 먹먹한"(「초당(草堂) 두부가 오는 밤」) 힘의
시작이다.

3

　문성해가 선택한 생활에의 몰두는 새로운 길이 아니다.
이미 일상시라는 개념으로 우리 현대시에 폭넓게 존재하고
있다. 다른 시인들이 걸어간 길을 다시 걷고자 할 때 시인은
독특한 방법론 대신, 다채로운 생활의 목소리로 대신했다.
그중에 "길고 멀고 오래된 것"(「하문」)의 목소리는 웅숭깊
은 떨림과 울림을 내고 있다.

　　이 길고 멀고 오래된 것은 어디서 오나

　　이 차고 슴슴하고 묵은내 나는
　　내 철들자 맞기 시작한

어떤 상담 교사보다도 더
귀에 쏙 맞는 말씀을 담아주는 이것은

내 어미가 싱싱한 허벅지를 걷고
한바탕 헌 칫솔로 시멘트 마당을 벗기고 나면
꼭 들이닥치던 이것은
내 아비가 장롱 손잡이에 혁대를 걸고
면도칼을 갈며 바라보던 이것은

내 이마를 지나 코끝을 지나
장미 꽃잎을 지나 꽃받침을 지나
땅에서 난민처럼 버글거리는 이것은

먼 산도 넓은 벌도 앞 도랑도
막 매달리기 시작한 포도도 착하게 맞고 있는 이것은
마침내 자두맛 참외맛 수박맛도 다 업어가는 이것은
　　　　　　　　　　　　　　　―「하문」 전문

　시 「하문」이 특별한 것은 제목으로 쓰인 하문이 복합의 상
징을 가지고 있기 때문이다. 하문은 윗사람이 아랫사람에게
묻는 질문의 높임말이다. 시 「하문」에서의 질문이란 삶/생
활이 도리어 우리에게 묻는다는 의미가 더 깊다. 그때 그 질
문의 내용은 삶이란 무엇인가라는 질문이 육화되는 과정이

다. 그러기에 시에서는 분명히 드러나지 않지만 시적 화자가 어린 누군가에게(아마도 딸아이일 것 같은) 회상조의 반어법으로 질문한다. 한자말은 다르지만(下間과 下門), "차고 습습하고 묵은내"라는 구절과 연관된 하문은 여자의 외성기라는 의미를 감싸고 있다. 그때 하문은 여성성의 확대이다. 그 여성성은 시적 화자가 생활/살림을 통해서 점점 육화하는 지혜와도 연결된다.

문성해에게 와서 문성해를 통과하는 이번 시집의 의례는 생활을 육체화하는 몸의 사방 무늬이다. 그 몸을 상투화시키지 않으려는 문성해의 감각이 이번 시집을 떠받치고 있다. 물론 "달싹거리는 입술이 달린 손바닥"(「손바닥들」)처럼 힘겹고 고달프게, 혹은 "개짐에 사타구니 쓸리는 줄 모르고 바삐 재를 넘던 그 여복처럼"(「초당(草堂) 두부가 오는 밤」) 해학적으로, 혹은 "마침내 자두맛 참외맛 수박맛도 다 없어가"(「하문」)며 소소하게 떠받치고 있다. 하지만 문성해의 감각이 결코 생활에 대한 연민이 아니기에 시집 전체는 궁휼의 흔적조차 없이 빛나고 있다. 흔들리는 가족사에도 전혀 꿀림이 없는 생활의 근면이라는 탄력이 여기 있다. 희고 반짝거리는 키친 나이프의 등장이기도 하다.

대대로 기가 센 남평 문씨 여자들 중에는
혼자 살다 죽은 고모가 둘
아직도 이혼 소송중인 사촌이 셋

나는 다만 조용히 새벽빛에 내 등을 갈며

나의 키친 나이프

—「키친 나이프」부분

문성해 1963년 경북 문경에서 태어났다. 영남대 국문과를 졸업했다. 1998년 매일신문 신춘문예와 2003년 경향신문 신춘문예를 통해 등단했다. 시집『자라』『아주 친근한 소용돌이』『입술을 건너간 이름』이 있다. 대구시협상, 김달진문학상부문 젊은시인상, 시산맥작품상을 수상했다.

문학동네시인선 088

밥이나 한번 먹자고 할 때

ⓒ 문성해 2016

1판 1쇄 2016년 12월 12일
1판 4쇄 2024년 7월 30일

지은이 | 문성해
책임편집 | 김민정 편집 | 도한나 김필균
디자인 | 수류산방(樹流山房) 본문 디자인 | 유현아
저작권 | 박지영 형소진 최은진 오서영
마케팅 | 정민호 서지화 한민아 이민경 안남영 왕지경 정경주 김수인 김혜원
        김하연 김예진
브랜딩 | 함유지 함근아 박민재 김희숙 이송이 박다솔 조다현 정승민 배진성
제작 | 강신은 김동욱 이순호
제작처 | 영신사

펴낸곳 | (주)문학동네
펴낸이 | 김소영
출판등록 | 1993년 10월 22일 제2003-000045호
주소 | 10881 경기도 파주시 회동길 210
전자우편 | editor@munhak.com
대표전화 | 031) 955-8888 팩스 | 031) 955-8855
문의전화 | 031) 955-2696(마케팅), 031) 955-2678(편집)
문학동네카페 | http://cafe.naver.com/mhdn
인스타그램 | @munhakdongne 트위터 | @munhakdongne
북클럽문학동네 | http://bookclubmunhak.com

ISBN 978-89-546-4349-8 03810

* 이 책의 판권은 지은이와 문학동네에 있습니다. 이 책 내용의 전부 또는 일부를 재사용
  하려면 반드시 양측의 서면 동의를 받아야 합니다.
* 이 시집은 2014년 아르코 문학 창작기금을 수혜하였습니다.

잘못된 책은 구입하신 서점에서 교환해드립니다.
기타 교환 문의: 031) 955-2661, 3580

www.munhak.com

문학동네